Princesse Alice
et la Pantoufle de Verre

Cet ouvrage a initialement paru en langue anglaise en 2006
chez Orchard Books sous le titre :
Princess Alice and the Crystal Slipper.
© Vivian French 2006 pour le texte.
© Sarah Gibb 2006 pour les illustrations.

© Hachette Livre 2007 pour la présente édition.

Adapté de l'anglais par Natacha Godeau

Conception graphique et colorisation : Lorette Mayon

Hachette Livre, 43 quai de Grenelle, 75015 Paris

Vivian French

PRINCESSE Academy
Les Tours d'Argent

Princesse Alice
et la Pantoufle de Verre

Illustrations de Sarah Gibb

HACHETTE

Imprimé en France par Jean-Lamour - Groupe Qualibris
Dépôt légal : avril 2008
20.20.1405.8/03 – ISBN 978-2-01-201405-3
Loi n°49-956 du 16 juillet 1949
sur les publications destinées à la jeunesse

Table

Chapitre premier 11

Chapitre deux 21

Chapitre trois 33

Chapitre quatre 47

Chapitre cinq 69

Chapitre six 83

PRINCESSE
Academy
Les Tours d'Argent

Institution

pour Princesses Modèles

Devise de l'école :

Une Princesse Modèle
est honnête, aimable
et attentionnée.
Le bien-être des autres
est sa priorité.

*Les Tours d'Argent dispense
un enseignement complet à l'usage
des princesses du Club du Diadème.
Sorties de classe privilégiées.
Notre programme inclut :*

- Cours de Grâce et de Majesté
- Étude des Mésententes Ministérielles
- Stage chez Sylvia l'Herboriste
(Sorcière Guérisseuse du Royaume)
- Visite du Musée d'Histoire Souveraine
(Pomme Empoisonnée sécurisée)

Notre directrice, la Reine Samantha,
assure une présence permanente
dans les locaux. Nos élèves sont
placées sous la surveillance
de Fée Angora, enchanteresse
et intendante de l'établissement.

Notre équipe compte
entre autres :

• Lady Albina
(Secrétaire de Direction)

• La Reine Mère Matilda
(Maintien et Bonnes Manières)

• Le Prince Dandy,
Dauphin de la Couronne
(Sorties et Excursions)

• Marraine Fée
(Enchanteresse en Chef)

Les princesses du Club du Diadème
reçoivent des Points Diadème afin
de passer dans la classe supérieure.
Celles qui cumulent assez de points
aux Tours d'Argent accèdent
au Bal de Promotion, au cours
duquel elles se voient attribuer
la prestigieuse Écharpe d'Argent.
Les princesses promues intègrent
alors en troisième année
le Palais Rubis, notre établissement
magistral pour Princesses Modèles,
afin d'y parfaire leur éducation.

*Le jour de la rentrée,
chaque princesse est priée
de se présenter à l'Académie
munie d'un minimum de :*

· Vingt robes de bal (avec dessous assortis)
· Cinq paires de souliers de fête
· Douze tenues de jour
· Trois paires de pantoufles de velours
· Sept robes de cocktail
· Deux paires de bottes d'équitation
· Douze diadèmes, capes,
manchons, étoles, gants,
et autres accessoires indispensables.

Bonjour! Tu vas bien, j'espère?

C'est super que tu nous accompagnes
aux Tours d'Argent. Tu es une vraie Princesse
Modèle! Ce n'est pas comme les jumelles
Précieuse et Perla…
Elles sont vraiment trop prétentieuses. Parfois,
j'aimerais qu'elles n'obtiennent pas leur Écharpe
d'Argent, pour être exclues
du Palais Rubis l'an prochain!
Mais je sais, une princesse digne de ce nom doit
chasser ce genre de pensée…
Au fait, je ne me suis pas présentée!
Je suis Princesse Alice.
Avec Charlotte, Katie, Daisy, Sophie et Émilie,
nous occupons le même dortoir, à l'académie:
la Chambre des Roses d'Argent.
Nous sommes les meilleures amies du monde,
et nous essayons de toujours tout partager…

À ma Princesse Alice à moi,
avec tout mon amour, maman, V. F.

À Janet et au petit Prince Leandro, S. G.

Chapitre premier

Y a-t-il beaucoup de sorties de classe, à ton école?

Parce qu'aux Tours d'Argent, cela n'arrête pas! La Reine Samantha, notre directrice, estime qu'elles nous font le plus grand bien...

C'est vrai que nous nous y amusons beaucoup !

Mais demain, c'est encore mieux : nous allons visiter le Musée d'Histoire Souveraine du Roi Rudolphe III !

Ma sœur était élève ici, l'année dernière. Il paraît que ce musée est extraordinaire ! Elle y a vu la Pomme Empoisonnée, le Rouet Maléfique, la Pantoufle de Verre… et plein d'autres objets fantastiques !

Aussi, je m'empresse de raconter ce que je sais à mes amies ! Seulement, Lady Albina m'entend et me fait les gros yeux.

Au fait, Lady Albina, c'est la secrétaire de la Reine Samantha. Elle organise nos emplois du temps et nous distribue des tonnes d'instructions quotidiennes. Elle fronce sans cesse les sourcils… sauf avec la directrice !

Bien entendu, elle me gronde :

— Princesse Alice ! Oseriez-vous prétendre tout connaître ?

Dans mon dos, Perla ricane à l'oreille de sa jumelle :

— Alice ne connaît pas tout... mais nous, oui ! Pas vrai, Précieuse ?

Moi, je fais semblant de ne rien avoir entendu. Je présente mes excuses en m'inclinant :

— Oh non, Lady Albina ! Je vous assure !

— Vous m'en voyez ravie, répond la secrétaire. Penser que l'on sait tout est une grave erreur !

Elle lève son stylo et continue :

— Maintenant, écoutez-moi bien, mesdemoiselles. Demain, pour la visite du musée, vous vous diviserez en petits groupes. Vous aurez un questionnaire à remplir, et le groupe qui répondra le mieux recevra des Points Diadème.

Lady Albina s'interrompt un instant. Puis, elle reprend d'un ton désapprobateur :

— Je dois vous informer que le Roi Rudolphe offrira une récompense aux gagnantes. Ce qui me semble très exagéré !

— Une récompense ? nous écrions-nous en chœur.

Nous nous approchons de la secrétaire. Même Précieuse et Perla ont hâte d'en apprendre plus !

— Quelle récompense, Lady Albina ?

Elle souffle d'un air exaspéré.

— Une invitation à participer à

la Parade Annuelle du Roi Rudolphe. En tête de cortège, à bord du Carrosse-Citrouille Doré.

Une Parade Royale ! Un Carrosse-Citrouille Doré ! C'est si merveilleux !

Nous en parlons toute la journée, même entre deux leçons !

Et ce soir, nous sommes trop excitées pour nous endormir…

— Nous serons dans le même groupe, au moins ? s'inquiète soudain Daisy, du fond de son lit.

— Rassure-toi, dit Émilie. Lady Albina a formé les groupes en fonction des dortoirs.

17

— Vive la Chambre des Roses d'Argent ! applaudit Katie. Surtout qu'Alice connaît déjà tout sur le musée. Nous allons sûrement gagner !

Je secoue la tête.

— Je sais juste ce que ma grande sœur m'a raconté.

— Vous croyez que les objets seront enfermés dans des vitrines ? questionne Charlotte. J'aimerais tant les toucher...

— Tu es folle ! s'étrangle Sophie. Nous ne devons pas toucher la Pomme Empoisonnée !

Émilie se met à pouffer.

— Nous tomberions dans un

profond sommeil, jusqu'à ce qu'un beau Prince Charm…

À ce moment, un toc toc! à la porte l'interrompt. C'est Fée Angora, notre Marraine Fée aux Tours d'Argent. Elle veille sur nous.

— Il est tard, mes chères petites bavardes! lance-t-elle. L'heure est venue de dormir…

Elle agite alors sa baguette magique et un nuage de poussière scintillante envahit la pièce. Nos paupières deviennent lourdes, lourdes… Le marchand de sable est passé!

Chapitre deux

J'ai fait un rêve hyper bizarre !

Je portais une paire d'escarpins de verre extraordinaire et je valsais toute seule au milieu d'une immense salle de bal… lorsque j'ai senti quelqu'un me secouer en appelant :

— Alice ! Debout, Alice !

Je me suis éveillée en sursaut : c'était Charlotte qui s'énervait !

— Vite, Alice ! La cloche a sonné, il faut te lever : on part visiter le musée, aujourd'hui !

Ni une, ni deux, j'ai quitté mon lit sans regret !

Mais nous ne pouvons pas petit-déjeuner en paix.

Lady Albina n'arrête pas de nous embêter avec les questionnaires !

Elle nous les distribue, puis nous donne des tas et des tas d'instructions…

Pour un peu, je n'aurais plus envie d'y aller, moi, au musée !

Heureusement, le Prince Dandy nous rejoint gaiement à la fin du repas. Il est responsable des sorties de classe et lui, au moins, il est amusant !

— Prêtes à vivre une journée fabuleuse, jeunes princesses ? s'esclaffe-t-il.

Nous faisons « oui » de la tête, et il explique :

— Nous commencerons par nous rendre dans la Bibliothèque Privée du Roi Rudolphe. Il possède une superbe collection de livres ! Puis, direction le Musée d'Histoire Souveraine. Après la visite, retour à la Bibliothèque. Là, vous terminerez de remplir vos questionnaires. Nous déjeunerons ensuite au Salon d'Apparat et vous irez vous promener dans le Grand Parc tandis que le Roi Rudolphe et moi corrigerons votre travail. Nous annoncerons le groupe gagnant juste avant de rentrer aux Tours d'Argent !

La route qui mène au château du Roi Rudolphe est majestueuse !

Nous allons bientôt arriver… je suis folle de joie !

Mes cinq amies et moi sommes dans le même carrosse. Avec aussi les princesses Yasmina, Louise, Sarah, Chloé… Et, manque de chance, les jumelles Précieuse et Perla !

Tout le long du chemin, Perla se vante d'avoir déjà visité le musée.

— Évidemment, ce bon Roi Rudy nous a offert le thé. N'est-ce pas, Précieuse?

— Et comment! renchérit sa sœur. Avec quinze sortes de gâteaux!

— Rudy? s'étonne Émilie. Je croyais que le roi s'appelait Rudolphe…?

— En effet, sourit Perla avec satisfaction. Rudy est le diminutif réservé à ses intimes; et mère est l'une de ses plus grandes amies!

Sur quoi, la prétentieuse se

redresse fièrement sur son siège, comme si elle s'attendait à des applaudissements !

— Ah…, remarque justement Daisy, peu impressionnée.

Alors, Perla se penche en avant et en rajoute encore :

— Et il nous a donné l'autorisation exceptionnelle de toucher le Petit Pois. Nous avons pu utiliser le Miroir Magique, aussi, et tout ce que nous voulions ! Pas vrai, Précieuse ?

Là, cette dernière se contente d'approuver, l'air embarrassé. Perla tousse fort avant de poursuivre :

— Vous savez quoi ? Le Roi Rudy m'a même laissée essayer la Pantoufle de Verre !

Chloé écarquille les yeux, comme éblouie.

— La Pantoufle de Verre ? répète-t-elle, admirative.

— Elle était pile à ma taille ! fanfaronne Perla.

Jusqu'ici, je ne l'écoutais pas vraiment, car je me demandais ce qui clochait avec Précieuse. À ces mots cependant, je proteste :

— Personne ne peut essayer la Pantoufle de Verre, Perla! C'est mon rêve le plus cher pourtant, mais ma sœur me l'a assuré : c'est strictement interdit!

— Ah bon? rougit tout à coup la princesse. Eh bien j'ai eu un privilège spécial! N'est-ce pas, Précieuse?

J'ai l'impression qu'elle la pince en cachette, pour qu'elle réponde…

— Ou… oui! bégaie-t-elle.

— Ma pauvre Alice! persifle alors Perla. Ce n'est pas parce que tu as une grande sœur que tu sais tout mieux que tout le monde!

Moi, je préfère ne plus en parler. Car je suis sûre qu'elle ment !

Et vu la tête de mes amies, on dirait bien que je ne suis pas la seule à douter de Perla…

Chapitre trois

Nous arrivons !

Le carrosse est à peine arrêté que Perla entraîne Précieuse dehors. Nous n'avons même pas le temps de nous lever !

Le roi est adossé au mur, à l'entrée du château. C'est un vrai géant! Il est très mince aussi, et porte de grosses lunettes en écaille.

Sans-gêne, Perla se précipite pour saluer le monarque, bousculant carrément le Prince Dandy au passage.

Elle se prosterne :

— Roi Rudy! Mère vous fait dire qu'elle s'impatiente de vous revoir!

À cet instant, une méchante petite voix, au fond de moi, se met à espérer: «Pourvu que le Roi Rudolphe ne reconnaisse pas cette chipie!»

Mais à la place, il sourit d'un air un peu distrait et s'exclame :

— Oh, merci ma chère, merci beaucoup !

Il ôte ses lunettes afin de les nettoyer. Puis il les chausse à nouveau et nous regarde une par une.

— Bienvenue à toutes ! nous accueille-t-il. Si vous voulez bien me suivre, je vous conduis à la bibliothèque, où vous pourrez commencer à remplir votre questionnaire…

Première question : Combien de livres le Roi Rudolphe a-t-il dans sa bibliothèque ?

Une veine que nous n'ayons
pas à les compter : il y en a au
moins des milliers !

— Environ cinquante mille, nous confie le roi. Mais évidemment, je ne peux pas connaître le chiffre exact !

Je suis stupéfaite : c'est énorme, cinquante mille livres !

Je lève le doigt :

— Excusez-moi, Votre Majesté, mais… vous ne les avez pas tous lus, quand même ?!

Perla pousse un petit cri.

— Oh, Alice ! Ta sœur super géniale ne t'a rien dit ? persifle-t-elle. Le Roi Rudy a bien plus important à faire que de lire des livres !

Là, le roi lui jette un regard effaré. Il se racle la gorge et déclare :

— En réalité, ma chère princesse, la lecture est l'une de mes occupations favorites ! Vous pouvez tout apprendre dans les livres, c'est passionnant...

Puis, lui tapotant la tête, il reprend :

— Je vous laisse découvrir les lieux. La gouvernante va vous apporter des rafraîchissements. À tout à l'heure !

Et il quitte la pièce.

Perla est fâchée. Soudain, elle montre les livres d'un grand

geste, comme s'ils lui apparte-
naient. Elle s'écrie :

— Je vais vous guider ! Puisque
Précieuse et moi sommes déjà
venues, nous pouvons tout vous
expli…

— Nous n'avons besoin de personne, merci !

Je sais : ce n'est pas très poli de l'interrompre ainsi. Mais à force, elle est trop insupportable !

— Pardon, Votre Altesse Alice ! se moque aussitôt Perla. J'oubliais qu'avoir une grande sœur vous permettait de tout savoir mieux que tout le monde !

Je hausse les épaules, car je me fiche bien de ses vilaines remarques.

Je prends mon amie Charlotte par le bras, et nous allons admirer les portraits de famille du Roi Rudolphe.

Les tableaux s'alignent sur le
mur ; nous les étudions avec
attention, quand Daisy, Émilie,
Katie et Sophie nous rejoignent.

— Vous avez vu ? note Daisy.
Les gens ont tous des livres, dans
ces peintures !

— Youpi! glousse Katie. Nous avons trouvé la réponse à la deuxième question : Quelle est la distraction préférée des membres de la famille royale ?

— Mais quand visiterons-nous le musée ? je soupire. J'ai telle-

ment hâte de voir la Pantoufle de
Verre !

Comme si elle m'avait enten-
due, la gouvernante entre à ce

moment-là. Elle pose un plateau de biscuits et de jus de fruits sur un guéridon et annonce :

— Le musée est ouvert ! Le Roi Rudolphe sera de retour d'ici une vingtaine de minutes.

Je grimace :

— Devons-nous impérativement l'attendre ici ?

— Non, sourit la gouvernante. Vous pouvez l'attendre dans le musée, bien sûr. C'est juste au bout du couloir.

Avec mes amies, nous nous dévisageons…

— Vous voulez d'abord boire un jus de fruits ?

— Tu plaisantes, Alice ? pouffe Émilie. Direction le musée !

— Au musée ! répètent Sophie, Daisy, Katie et Charlotte à l'unisson.

Chapitre quatre

Le Musée d'Histoire Souveraine n'est pas très grand... mais il est plein à craquer !

Il y a des vitrines partout et les étagères montent jusqu'au plafond. C'est assez effrayant, d'ailleurs. Elles croulent d'objets insolites ; si jamais elles tombent, nous serons enterrées vivantes !

En fait, on se croirait plus dans un bureau que dans un musée.

À tel point que nous entrons à pas de loup, sans oser parler trop fort… Jusqu'à ce que Charlotte s'exclame devant un petit écrin en argent :

— Regardez le Petit Pois ! C'est celui que la princesse a senti sous plusieurs matelas !

— Il est quand même très fripé, doute Sophie.

Katie, l'œil brillant, pointe l'index vers un coin de la pièce.

— Le Rouet Maléfique !

Vite, nous courons le voir de près. Il s'agit bien du fuseau de la Belle Au Bois Dormant ! Juste à côté, il y a une pile chancelante d'assiettes en or pur. Elles sont frappées d'un blason royal.

— La vaisselle du repas de noces de Cendrillon ! murmure Daisy, fascinée, en lisant la fiche explicative.

— Et cette pomme croquée…, chuchote encore Katie, devant une étagère. Vous pensez que c'est celle de Blanche-Neige ?

Personne ne répond.

Nous venons d'apercevoir les jumelles Précieuse et Perla, sur le seuil de la pièce principale du musée. Elles complotent déjà…

Nous n'avons pas l'intention de les espionner, bien sûr ! D'ailleurs, des Princesses Modèles dignes de ce nom auraient surgi en criant « coucou ! »

Seulement… nous restons quand même cachées derrière un mur afin de découvrir ce que manigancent ces deux pestes !

— Le Roi Rudy ne sera pas là avant au moins dix minutes, se

réjouit Perla. Cela nous laisse tout le temps nécessaire !

Et elle allume la lumière !

Quel changement, dans le musée : le somptueux lustre du plafond illumine tout d'un éclat

féerique ! Chaque ampoule se reflète à l'infini dans les vitrines !

Nous écarquillons les yeux. Sous le lustre, une cloche de cristal abrite un objet hyper précieux, sur un coussinet de velours rouge…

La Pantoufle de Verre !

Je me demande comment les méchantes jumelles n'entendent pas nos « oooooh ! » émerveillés…

Bien sûr, je veux m'approcher moi aussi, mais Katie me retient par le bras.

— Attention, Alice ! souffle-t-elle à mon oreille.

Elle a raison : Perla est en train de faire une grosse bêtise ! Elle veut soulever la cloche de cristal !

— Viens donc, Précieuse ! Tu ne vois pas que j'ai besoin d'aide ?!

— Je ne crois pas que…, commence sa sœur, pas très enchantée par cette idée.

Perla lui coupe la parole :

— J'ai dit à Chloé que j'avais essayé la Pantoufle de Verre, et c'est ce que je vais faire !

La princesse est bien décidée. Elle tire fort sur le dôme transparent. Oh, hisse !

Elle le soulève enfin et patatras ! Voici qu'il lui glisse des mains !

La cloche de cristal explose par terre en mille morceaux. Quel vacarme épouvantable !

Daisy et Émilie poussent un cri, tandis que Charlotte, Sophie, Katie et moi étranglons un hurlement de terreur.

Vite, nous sortons de notre cachette. Mais à peine Perla nous voit-elle qu'elle s'empare de la Pantoufle de Verre… et la jette dans ma direction ! Je l'attrape de justesse.

Une demi-seconde plus tard, le Prince Dandy, le Roi Rudolphe et les autres élèves des Tours d'Argent accourent en enten-

dant tout ce vacarme. Et moi, je me retrouve debout devant tout le monde, le soulier de Cendrillon en ma possession !

Tous me dévisagent comme une coupable.

Perla s'écrie :

— Je me souviens, mainte-
nant ! Alice nous a dit qu'elle
rêvait de porter la Pantoufle de
Verre ! Chloé est témoin ! N'est-
ce pas, Chloé ?

Pauvre Chloé ! Elle ne peut pas savoir… Forcément, elle n'était pas là au moment où Perla a soulevé la cloche. Alors, très gênée, elle fait un petit oui de la tête…

Le Prince Dandy fronce les sourcils.

— Vous me décevez, Princesse Alice ! Je vous considérais comme

l'une de nos meilleures élèves…
Ce que vous venez de faire est
absolument, terriblement et to-
talement navrant!

Je me mords les lèvres. Je ne
peux pas dénoncer Perla!
D'abord, elle n'a pas fait exprès
de casser la cloche de cristal… et
puis, je ne suis pas une horrible
rapporteuse!

Je jette un coup d'œil à mes
amies: elles pensent la même
chose que moi. Mais alors… Que
faire?

Je contemple la Pantoufle de
Verre. Je suis à la fois si en colère,
si embêtée et si incapable de me

défendre que je rougis d'un coup.

— Ah ! Vous voyez ! triomphe aussitôt Perla. Elle a trop honte !

— Princesse Alice, ordonne le Prince Dandy d'un ton sec. Vous attendrez la fin de la visite à la bibliothèque. Dès notre retour aux Tours d'Argent, nous verrons ce que la Reine Samantha pense de votre attitude.

— Oui, Votre Altesse, dis-je piteusement.

Je m'incline avec respect et réalise que je tiens encore le précieux soulier à la main. Je le tends au Roi Rudolphe en bredouillant :

— Vous n'imaginez pas à quel point je regrette ceci, Votre Majesté !

À ma grande surprise, il me fait une petite révérence et propose :

— Avant de vous retirer à la bibliothèque, souhaiteriez-vous enfiler la Pantoufle de Verre ?

Je n'en crois pas mes oreilles ! Moi, la fautive… J'en reste bouche bée. Le Prince Dandy, lui, claque de la langue avec réprobation.

— Étant donné sa conduite, Princesse Alice ne mérite pas un tel honneur !

— Je sais ce que je fais, Prince Dandy, sourit le roi d'un air mystérieux. Accordez cette faveur à votre élève, je vous prie !

Près de moi, mes amies m'adressent un clin d'œil complice. Elles se disent que si je suis punie, au moins, je n'aurai pas tout perdu. Et elles ont bien raison !

J'ôte mon escarpin et le Roi
Rudolphe glisse la Pantoufle de
Verre à mon pied...

Quelle sensation bizarre !

Elle me va plutôt bien ; elle est juste un peu serrée au talon. En fait, je la trouve très jolie. Mais très froide et très inconfortable.

Cendrillon devait vraiment être une jeune fille prodigieuse, pour danser avec une paire de souliers comme celle-là !

— Je vous remercie, Princesse Alice, lance brusquement le Roi Rudolphe.

Il récupère la pantoufle et ajoute :

— Quelqu'un d'autre aimerait l'essayer ?

— Moi ! Moi ! crie tout le monde en même temps.

Le roi désigne Perla.

— Vous, Princesse… heu… Oh, je suis désolé… J'ai oublié votre prénom !

Sur le coup, Perla est bien vexée ! Mais, très vite, elle se force à sourire.

— Ce n'est pas grave, Votre Altesse… Je suis Perla, la fille de la Reine Abigaïl. Et je meurs d'envie d'essayer la Pantoufle de Verre !

Chapitre cinq

Je prends une grande décision, soudain.

Pas celle de dénoncer Perla, bien sûr. Mais je ne laisserai pas l'injustice triompher à cent pour cent !

— Je vous remercie de votre

bonté, Votre Majesté, dis-je en m'inclinant dans une profonde révérence. C'est pour cela qu'avant de regagner la bibliothèque, je me permets de vous signaler que Perla a déjà essayé la Pantoufle de Verre, alors que les autres princesses, jamais…

Le Roi Rudolphe hausse un sourcil.

— Comment ? s'étonne-t-il en se tournant vers la méchante jumelle.

Perla me fusille du regard.

— Alice doit se tromper, Votre Altesse ! réplique-t-elle, gênée.

— Mais pas du tout ! s'étrangle

la petite Princesse Chloé. C'est toi-même qui t'en es vantée, Perla, quand nous étions dans le carrosse. Tu as raconté que le Roi Rudy t'avait donné l'autorisation exceptionnelle de chausser la Pantoufle de Verre, et qu'elle était pile à ta taille !

Un long silence envahit la salle… Perla a menti. Tout le monde le comprend, à présent !

Elle baisse la tête et louche sur le plancher en murmurant :

— En fait, je disais cela pour rire… Je ne pensais pas qu'on me croirait et…

Le Roi Rudolphe l'écoute, songeur. Il se frotte le menton, puis il lui tend le soulier précieux.

— Enfilez-la, voulez-vous, commande-t-il.

Perla est pétrifiée !

Elle s'empresse d'obéir à notre hôte… Mais une fois la pantoufle

enfilée, la princesse se met malgré elle à sauter, bondir et tournoyer parmi les débris de la cloche de cristal !

— Au secours ! s'égosille-t-elle. Je ne peux pas m'arrêter ! Pitié !

Elle a beau crier, Perla valse, virevolte et tournicote comme une toupie folle !

— Cessez immédiatement ce cirque ! se fâche le Prince Dandy.

Mais Perla ne peut pas, elle ne contrôle absolument rien !

Et elle tourne, tourne et tourne encore au milieu de nous !

Le Roi Rudolphe la contemple d'une mine sévère. Quant aux

élèves des Tours d'Argent, elles rient à gorge déployée : elle est vraiment trop ridicule ! En même temps, je la plains. Elle est en train de se ridiculiser !

Et je décide de voler à son secours !

— Attrape-moi la main, Perla !

Je lui conseille de secouer le pied, afin d'ôter la pantoufle ensorcelée. Mais rien n'y fait. Le soulier reste bien accroché !

Tout à coup, voilà que je me retrouve entraînée à bondir dans tous les sens, moi aussi ! Charlotte se précipite à mon aide. Mais dès qu'elle me tient la main,

la pauvre se met à danser avec nous !

Alors, le Roi Rudolphe déclare :

— Il est temps d'avouer, Princesse Perla. Comme vous le

constatez, la magie de nos royaumes discerne toujours le vrai du faux…

Perla n'en peut plus ! Elle a les cheveux en désordre et le front en sueur.

— Oh, j'avoue, j'avoue ! s'exclame-t-elle, hors d'haleine. J'ai cassé la cloche de cristal ! Je suis si désolée…

La pantoufle s'arrête immédiatement. Perla, épuisée, s'écroule sur moi et Charlotte.

Le Prince Dandy approche à grands pas. Il est absolument furieux ! Par réflexe, je me place devant Perla afin de la protéger.

Je sais : elle est pimbêche, menteuse et vantarde. Mais je sais aussi que c'est terrible d'être la risée de tout le monde sans pouvoir se défendre !

— Je vous en supplie, Votre Altesse, ne soyez pas trop dur avec Perla ! je m'écrie. C'était un accident, pour la cloche…

— Princesse Alice a raison, intervient le Roi Rudolphe. D'ailleurs, Princesse Perla a déjà été assez punie comme cela…

Puis, il me fait le baisemain et termine :

— Je suis charmé d'avoir rencontré une vraie Princesse Modèle !

— Moi ? je m'exclame, surprise.

— Oui, car en princesse digne
de ce nom, vous ne riez pas du
malheur des autres... même
lorsqu'ils l'ont bien mérité !

L'espace d'un instant, j'ai l'impression qu'une lueur taquine étincelle dans son regard …

Mais je n'ose pas y croire ! Il poursuit :

— Je suggère que Princesse Alice soit récompensée pour sa générosité. Prince Dandy, si vous êtes d'accord, oublions le questionnaire et offrons au groupe de la Chambre des Roses d'Argent de mener la Parade Royale demain !

Chapitre six

Tu peux l'imaginer, mener la Parade Royale, c'est fa-bu-leux !

Charlotte, Katie, Daisy, Sophie, Émilie et moi avons passé toute la matinée à nous pomponner !

Nous avons revêtu nos plus belles robes, et à midi pile, le

Carrosse-Citrouille Doré est venu
nous chercher. Son incroyable
attelage de six poneys au pelage

d'or s'est arrêté au pied des marches du perron des Tours d'Argent… Juste pour nous !

Nous traversons maintenant la région à bord du carrosse, la Parade Royale nous suivant en dansant et chantant.

Des centaines et des centaines de gens nous admirent, sur le chemin !

Nous les saluons par les fenê-tres. Nous sourions tellement qu'à la fin nos joues nous font mal !

Plus tard, après la parade, lors-que nous regagnons le château du Roi Rudolphe, une bonne surprise nous attend…

Le goûter le plus époustou-flant de l'univers !

Avec trente sortes de gâteaux différents ! Vas-y, tu peux les compter : Charlotte et moi, nous avons déjà vérifié !

Malheureusement, il est déjà temps de rentrer aux Tours d'Argent.

Mais avant que nous partions, la gouvernante du Roi Rudolphe nous remet tous les gâteaux que nous n'avons pas pu manger. Comme cela, nous pourrons les partager avec les autres princesses !

Nous arrivons chez nous pour le dîner. Puis, en allant me coucher, une dernière surprise m'attend à la porte du dortoir…

Princesse Perla ! Elle paraît bizarre et très mal à l'aise…

— Pardon…, bredouille-t-elle

tout bas avant de se sauver comme une flèche dans l'escalier.

Je me blottis dans mon lit douillet avec bonheur.

C'est vraiment merveilleux, de vivre aux Tours d'Argent…

Et ce qui est encore plus merveilleux, c'est que tu sois là avec
nous !

FIN

Que se passe-t-il ensuite ?
Pour le savoir, tourne vite la page !

L'aventure continue
à la Princesse Academy
avec Princesse Sophie !

Me voici, Princesse Sophie ! Un grand bal est
organisé en l'honneur du Prince Albin, le neveu
de la Reine Samantha. Quelle excitation !
Qui aura la chance de danser avec lui ?
Vite, il faut prendre des cours de danse !
Mais j'ai quelques difficultés : notre professeur,
Lady Albina, est vraiment intimidante.
Le bal débute bien mal. Pourtant,
la soirée pourrait réserver quelques surprises…